MARK TWAIN

Eine Bluttat, ein Betrug und ein Bund fürs Leben

Aus dem Amerikanischen
übersetzt von Frank Heibert

Nachwort
von Georg Klein

MANESSE VERLAG
ZÜRICH

Kapitel 1

Am Rande eines abgelegenen Dorfes im hintersten Südwesten Missouris lebte ein alter Farmer namens John Gray. Das Dorf hieß Deer Lick. Es war ein verschlafener Weiler mit verstreut liegenden Häusern. Die sechs- oder siebenhundert Einwohner wußten dunkel, daß es draußen in der großen weiten Welt solche Dinge wie Eisenbahnen, Dampfschiffe, Telegraphen und Zeitungen gab, doch waren sie mit ihnen noch nicht persönlich bekannt geworden und fanden sie ungefähr so spannend wie die Belange des Mondes. Ihr Herz gehörte der Sau und dem Mais. Die Bücher an der primitiven Dorfschule waren über eine Generation alt; der in die Jahre gekommene presbyterianische Pfarrer, Reverend John Hurley, bot immer noch Feuer und Schwefel einer überlebten Theologie feil; selbst der Schnitt der Kleidung war hier seit Menschengedenken unverändert geblieben.

John Gray stand mit fünfundfünfzig noch haargenau so da wie vor dreißig Jahren, als er seine kleine Farm geerbt hatte. Mit harter Arbeit vermochte er aus dem Stück Land seinen Lebensunterhalt herauszuholen; mehr war nie drin gewesen, sosehr er sich auch anstrengte. Er hatte durchaus von größerem Wohlstand geträumt, doch die Hoffnung, ihn durch seiner Hände Arbeit zu erwerben, war ganz allmählich in ihm abgestorben, und schließlich war ein alter Griesgram aus ihm geworden. Er hatte nur noch eine einzige Chance: seine Tochter mit einem reichen Mann zu verheiraten. Daher zeigte er sich erfreut, als zwischen Mary Gray und dem jungen Hugh Gregory eine gewisse Vertrautheit aufkeimte; Hugh war nicht nur ein gutmütiger, anständiger und fleißiger Junge, er konnte auch mit einem ganz ordentlichen Erbe rechnen, wenn sein betagter Vater aus dem Leben schied. John Gray ermutigte den jungen Mann aus purem Eigennutz; Mary ermutigte ihn, weil er groß, aufrichtig, gutaussehend und naiv war, außerdem mochte sie kastanienbraune Locken lieber als jede andere Haartracht. Sarah Gray, die Mutter, ermutigte ihn, weil er Mary gefiel. Sie hätte alles getan, um Mary zu erfreuen, denn sie war ihr ein und alles.

Hugh Gregory war siebenundzwanzig, Mary zwanzig. Sie war ein sanftes Mädchen, reinen Herzens und schön, außerdem pflichtbewußt und gehorsam, so daß selbst ihr Vater sie liebte, soweit es ihm gegeben war, irgend etwas zu lieben. Mittlerweile machte Hugh Mary schon täglich seine Aufwartung; sie unternahmen lange Ausritte, wenn das Wetter es erlaubte, und saßen abends beim trauten Gespräch eng beieinander in einer Ecke des Wohnzimmers. Die Alten und Marys jüngerer Bruder Tom blieben am Kamin unter sich und beachteten sie nicht. John Gray wurde zusehends milder. Mit der Zeit ließ er das Brummen und Schmollen. Sein steinernes Gesicht nahm zufriedene Züge an. Er lächelte sogar ab und zu, versuchsweise.

Eines stürmischen Winterabends kam Mrs. Gray strahlend ins Bett, eine Stunde später als ihr Mann, und flüsterte: «John, endlich ist alles unter Dach und Fach. Hugh hat ihr *die* Frage gestellt!»

John Gray sagte: «Sag das noch mal, Sally, sag das noch mal!»

Sie sagte es noch mal.

«Ich möchte am liebsten aufspringen und hurra schreien, Sally. Das ist ja nicht auszuhalten, so gut ist das! Was wird Dave *jetzt* wohl sagen! Der kann mit seinem Geld bleiben, wo der Pfeffer wächst – interessiert doch keinen.»

«Tja, Vater, es interessiert wirklich keinen. Und was für ein Glück, denn falls dein Bruder uns jemals sein Geld vermachen wollte, wird er es jetzt bestimmt nicht mehr tun, er haßt Hugh wie die Pest – seit damals, als er versucht hat, Hughs Vater um die Hickory-Flat-Farm zu betrügen, und Hugh hat sich eingeschaltet und die Sache verhindert.»

«Mach dir mal keine Sorgen um irgendwelches verlorene Geld von Dave, Sally. Seit dem Tag vor zwölf Jahren, als wir uns zerstritten haben, hat er mich nur immer mehr gehaßt, und ich ihn auch. Bruderzwist heilt nicht leicht, Mutter. Er ist die ganze Zeit immer reicher und reicher und reicher geworden, und dafür hasse ich ihn. Ich bin arm, er ist der reichste Mann im County – und dafür hasse ich ihn. Was würde der uns schon groß vermachen!»

«Na ja, du weißt doch, daß er Mary früher ganz schön verzärtelt hat, vor eurem Streit, und da dachte ich, vielleicht –»

«Unsinn! Das war die Zärtlichkeit eines alten Junggesellen – da steckt für Mary kein Geld drin – darauf kannst du Gift nehmen. Und selbst wenn, dann wäre es jetzt damit vorbei, genau wie du sagst: Der würde ihr keinen Cent geben, an den Hugh Gregory jemals rankäme.»

«Dave ist ein altes Ekel, Vater, wie man's auch dreht und wendet. Ich wünschte, Hugh könnte woanders schlafen, wenn er über Nacht im Dorf bleiben muß, statt im selben Haus wie David Gray. Hughs Vater hat schon versucht, Dave zu überreden, daß er mit seinem Büro umzieht, und zwar mehrfach, aber der beharrt auf seinem Mietvertrag. Es heißt, er steht jeden Morgen an der Eingangstür und wartet darauf, daß Hugh die Treppe herunterkommt, nur damit er ihn beschimpfen kann. Mrs. Sykes hat mir erzählt, sie hat gehört, wie Dave vor ungefähr sechs Wochen Hugh beleidigte, als drei oder vier Leute vorbeikamen. Sie hat darauf geachtet, ob Hugh aus der Haut fährt, aber von wegen. Er hat an sich gehalten und keinen Ton gesagt außer ‹Mr. Gray, irgendwann machen Sie das einmal zu oft›. Dave hat ihn ausgelacht und gesagt: ‹Ja, klar, das sagst du immer – tu lieber was, statt andauernd drüber zu reden!›»

«Na, wir gehen jetzt jedenfalls schlafen, Mutter. Ich schätze, bei uns ist jetzt alles auf dem richtigen Weg, endlich. Hugh und Mary – unsere Kinder – ich wünsche ihnen Glück und ein langes Leben – Gott segne sie!»

Kapitel 2

Gegen acht Uhr am nächsten Morgen kam Reverend John Hurley an John Grays Tor geritten, band sein Pferd fest und stieg die Eingangsstufen hoch. Die Familie hörte, wie er sich den Schnee von den Stiefeln stampfte, und Mr. Gray warf Mary einen schalkhaften Blick zu: «Mir scheint, Hugh kommt jeden Morgen ein bißchen früher, wie, mein Schatz?»

Mary errötete, und in ihren Augen blitzte freudiger Stolz auf, was sie nicht daran hinderte, zur Tür zu laufen, doch sie begrüßte – den falschen Mann. Als der alte Kirchenmann vor der ganzen Familie stand, sagte er: «Freunde, ich bringe euch großartige Neuigkeiten!»

«Ach ja?» sagte John Gray. «Immer raus damit, Hochwürden, und dann überbiete ich sie mit noch besseren Neuigkeiten, die ich für *Sie* habe.»

Mit einem Seitenblick neckte er Mary, die ihren Kopf senkte. Der alte Pfarrer sagte: «Gut – also erst meine Neuigkeiten, dann Ihre. Wie

Sie wissen, ist David Gray schon seit einem Monat in South Fork, um dort nach seinem Besitz zu sehen. Ja, und neulich abends war er bei meinem Sohn zu Gast; das Gespräch kam darauf, daß er vor ungefähr einem Jahr sein Testament gemacht hat, und er hinterläßt jeden Cent seines Vermögens – na, wem wohl? – genau, unserer kleinen Mary hier – ihr und keiner anderen! Sie können's mir glauben, ich hab' keine Zeit verloren, seit ich den Brief meines Sohnes las, ich bin sofort hergekommen, um Ihnen davon zu erzählen – denn das, hab' ich mir gesagt, das wird die beiden entzweiten Brüder wieder zusammenbringen, und mit Gottes Gnade werden meine alten Augen noch sehen, daß wieder Frieden und Eintracht zwischen ihnen herrscht und sie sich brüderlich lieben. Ich bringe Ihnen die verlorene Liebe Ihrer Jugend zurück, John Gray – das übertrumpfen Sie mal mit besseren Neuigkeiten! Na los, was haben Sie mir zu bieten?»

Alles Leben war aus John Grays Gesicht gewichen. Er schaute finster, verstört und bestürzt drein. Als hätte er soeben von einem niederschmetternden Unglück erfahren. Er nestelte an seiner Kleidung herum, wich dem neugierigen Blick aus, der auf ihn gerichtet war, stammelte einige Worte und gab es wieder auf. Die Situation wurde langsam peinlich. Um sie zu retten, kam ihm Mrs. Gray zu Hilfe, mit «*Unsere* großen Neuigkeiten sind, daß unsere Mary hier –»

«Halt den Mund, Frau!» schnauzte John Gray.

Die Mutter, von schlichtem Gemüt, verstummte und drückte sich beiseite. Mary war verwirrt und schwieg. Jung-Tommy verzog sich hintenherum, wie immer, wenn sein Vater übellaunig wurde. Es gab nichts zu sagen; und so wurde auch nichts gesagt. Eine Weile herrschte beklemmende Stille, dann trollte sich der alte Kirchenmann, so betreten und unbeholfen wie jemand, der statt einer erwarteten Anerkennung mit einem Tritt bedacht worden ist.

John Gray stapfte zehn Minuten lang hin und her, raufte sich die Haare und knurrte wild vor sich hin. Dann nahm er sich Frau und Tochter vor, die geduckt der Dinge harrten, und sagte: «Merkt euch – wenn Mister Gregory wissen will, wie die Antwort lautet, sagt ihr: *Nein!* Habt ihr verstanden? Ihr sagt ihm nein! Und wenn ihr nicht genug Mumm in den Knochen habt, ihm klarzumachen, daß ich ihn hier nicht mehr sehen will, dann überlaßt es mir. Ich werd's ihm schon sagen.»

«Aber Vater, du meinst doch nicht –»

«Kein Wort mehr, Mary! Genau das meine ich. So, da hast du's – vergiß das Ganze einfach.»

Er fegte aus dem Haus und ließ Mary und ihre Mutter in Tränen und mit gebrochenem Herzen zurück. Es war ein strahlender Wintermorgen; die flache Prärie, die sich draußen von John Grays Haus bis zum Horizont erstreckte, war eine einzige, weiche, weiße Schneedecke, so, wie der Sturm der letzten Nacht sie geschaffen hatte – von keinerlei Furchen oder Spuren befleckt.

John Gray pflügte sich durch den Schnee, geradewegs in die Prärie hinaus, ohne darauf zu achten, wohin es ihn trieb, es war ihm auch egal. Er brauchte nichts als Weite, damit sich seine rasenden Gedanken austoben konnten. Und die lauteten etwa so: «Immer hab' ich Pech! Das *mußte* natürlich genau zum falschen Zeitpunkt passieren! – Aber es ist nicht zu spät, noch ist es nicht zu spät. Dave soll schon bald erfahren, daß an dem Gerede über Mary und Gregory nichts dran ist – falls er überhaupt davon gehört hat, und das hat er bestimmt nicht, sonst hätte er sie ja sofort aus seinem Testament gestrichen. Nein, er soll wissen, daß keiner aus Gregorys Sippe Mary haben kann – nicht mal anschauen. Ein Glück, daß sie weder ihm noch sonst einem Mann ihr Jawort geben würde, bevor ich nicht zugestimmt hätte. Der Mr. Gregory kann mir mal im Mondschein begegnen! Und ich sorge dafür, daß sich das sofort herumspricht. Was ist schon Gregorys Geld gegen Daves! Dave könnte sämtliche Gregorys zwanzigmal aufkaufen und hätte noch Geld über. Soll es ruhig Gerüchte geben, daß Mary Aussichten auf Daves Geld hat, da hat sie bald in den sechs umliegenden Counties die Qual der Wahl. Hoppla, was ist das denn!»

Es war ein Mann. Ein junger Mann – unter dreißig, dem Aussehen nach zu urteilen, in fremdartig geschnittener Kleidung – lag der Länge nach im Schnee; reglos, offenbar ohnmächtig. Sein Aufzug wirkte kostspielig, und er trug einigen Schmuck und Schnickschnack am Leibe. Neben ihm lagen ein schwerer Pelzmantel und mehrere Decken, ein Stück entfernt eine lederne Reisetasche. Ringsum war der Schnee etwas zerwühlt, doch überall sonst war alles glatt. John Gray sah sich nach dem Pferd oder dem Gefährt um, das den Fremden hergebracht hatte, doch nichts dergleichen war zu sehen. Es gab noch nicht einmal Rad- oder Hufspuren oder Fußabdrücke, abgesehen von Johns eigenen, die vom Haus herführten. Dies war nun wirklich äußerst erstaunlich. Wie war der Fremde hierhergekommen, über eine Viertelmeile von der nächsten Straße, dem nächsten Haus entfernt, ohne den Schnee zu berühren, irgendeine Spur zu hinterlassen? Hatte ihn der Sturm herbeigeblasen?

Doch jetzt war keine Zeit, um Einzelheiten zu ergründen; es mußte gehandelt werden. John Gray legte seine Hand auf die Brust des Fremden: noch warm. Er machte sich daran, ihm Wärme in die Schläfen zu massieren. Er rüttelte und schüttelte seinen Patienten und rieb ihm das Gesicht mit Schnee ab. Langsam meldeten sich erste Lebenszeichen. John Grays Blick fiel auf einen silbernen Flachmann, der im Schnee bei den Decken lag. Er holte ihn her und tröpfelte dem Fremden etwas daraus zwischen die Lippen. Die Wirkung war ermutigend: Der Mann zuckte ein paarmal und stieß einen Seufzer aus. John Gray bemühte sich weiter; er richtete den Mann in eine sitzende Haltung auf, und bald darauf schlug dieser die Augen auf und schaute sich benommen und matt um. Dann verweilte sein Blick einen Moment auf John Grays Gesicht und belebte sich ein wenig.

«Ich wünschte, er würde sprechen», murmelte Gray. «Ich kann es nicht erwarten zu erfahren, wer er ist und wie er hierherkam. Gut – gleich sagt er was!»

Die Lippen öffneten sich, und nach ein, zwei Versuchen drangen schließlich folgende Worte hervor: *«Où suis-je?»*

Die eifrige Erwartung in John Grays Augen erlosch, seine Züge verloren jeden Ausdruck. Er war schmerzlich enttäuscht. «Was ist denn das für ein Kauderwelsch?» murmelte er.

Er belebte des Fremden Geistesgegenwart mit einem weiteren Schluck aus dem Flachmann. Die ansprechenden fremden Augen lugten einen Moment lang verblüfft in die John Grays, dann folgte diese Frage: *«Hvor er jeg?»*

John Gray starrte tumb vor sich hin und schüttelte den Kopf. «Ein Christ ist dieses Wesen nicht», dachte er; «vielleicht nicht mal ein Mensch. Würde ich meinen, wenn es nicht diese Ausrüstung dabeihätte; aber –»

«Dónde estoy?»

«Dove sono?»

«Gdzie ja jestem?»

Tiefe Ratlosigkeit breitete ihre graue Decke über John Grays Züge, und der Fremde begriff, sichtlich verzweifelt, daß es ihm ein weiteres Mal mißlungen war, sich verständlich zu machen. Mühevoll rappelte er sich auf; dann untergrub er John Grays bereits ins Wanken geratenen Verstand weiter durch eine Reihe anmutiger, aber komplexer Zeichen aus der Gebärdensprache;

und schließlich fing er an, Gray in einer ausnehmend barbarischen Fremdsprache zu beschimpfen, er solle nicht so dumm herumstehen und noch dümmer dreinschauen, sondern sich lieber tummeln, um einem unglücklichen Fremden nach Kräften zu helfen.

Nun sprach Gray zum ersten Mal laut. Und sagte: «Himmel noch mal, endlich ist er aufgewacht! Sogar von Kopf bis Fuß! Kein Zweifel, er –»

«Oh, Sie sind Engländer! Sie sind Engländer! Gut! Warum haben Sie das nicht gleich gesagt? Kommen Sie, reichen Sie mir die Hand! Helfen Sie mir! Ich bin immer noch mehr wert als zwanzig tote Männer! Boxen, massieren, treten Sie mich! Geben Sie mir Brandy!»

Der verblüffte Farmer gehorchte den Anweisungen beherzt, angetrieben von dem herrischen Ton des Fremden, und währenddessen schnatterte der Patient unablässig weiter, mal in der einen, mal in der anderen Sprache. Schließlich tat er ein, zwei Schritte, auf Gray gestützt, dann hielt er inne und fragte, auf englisch: «Mein Freund, wo bin ich?»

«Wo Ihr seid? Na, in meiner Prärie. Sie sind am Rand von Deer Lick. Was dachten Sie denn?»

«Prärie? Deer Lick?» sagte der Fremde nachdenklich. «Nie gehört. In welchem Land liegt das?»

«In welchem *Land?* – Ja, verflixt noch mal, Sie sind in gar keinem *Land.* Sie sind in Missouri. Und das ist der Vorzeigestaat der Vereinigten Staaten von Amerika, würd ich mal sagen.»

Der Fremde legte seine Hände bedeutungsschwer auf John Grays Schulter, hielt ihn einen Moment auf Armeslänge, schaute ihm tief in die Augen, dann nickte er zwei- oder dreimal, als wär' er's zufrieden. Eine Stunde später lag er in John Grays Haus im Bett, warf sich in ruhelosem Schlaf hin und her, glühte vor Fieber und brabbelte unablässig Satzfetzen in allen möglichen Sprachen außer Englisch. Mary, ihre Mutter und der Dorfarzt kümmerten sich fürsorglich um ihn.

Kapitel 3

Wir überspringen ein halbes Jahr und fahren fort mit unserer Geschichte. Der alte Reverend hatte sein Bestes getan, um die beiden Brüder zu versöhnen, doch vergebens. David Gray hatte es kategorisch abgelehnt, Friedensangebote zu machen oder entgegenzunehmen. Er sagte, er habe für die Familie seines Bruders absolut nichts übrig, nur für Mary.

Mary Gray hatte sich ein verstohlenes Gespräch mit Hugh Gregory erlaubt, um ihm zu versichern, ihre Liebe zu ihm werde, ganz gleich, wozu ihre Tochterpflichten sie zwingen mochten, unbeirrt und unvermindert bestehenbleiben, solange sie lebe. Bilder wurden ausgetauscht und Haarlocken, es kam zu einem todtraurigen Abschied, und das war das Ende. Die Liebenden erspähten einander ab und zu in der Kirche und andernorts, aber selten tauschten sie Blicke, Worte niemals. Beide wirkten lustlos, des Lebens überdrüssig.

Der Fremde war mittlerweile zu großer Bekanntheit aufgestiegen. Er betätigte sich als Lehrer für Sprachen, Musik und alles mögliche andere, das in dieser Hinterwäldlergemeinde neu und aufregend war. Eine Zeitlang hatte er über seine Herkunft mysteriöses Stillschweigen bewahrt; doch dann hatte er, während er sich noch von seiner Krankheit erholte, den Grays gelegentlich das eine oder andere vertrauliche Wort zugeraunt. Nach seiner Genesung machte er häufig seine Aufwartung im Hause, wo er gern gesehen war; denn sein Auftreten war von nobler Anmut, was jedermann beneidete und bewunderte, und mit seiner Redegewandtheit hätte er noch eine steinerne Statue bezaubert. Er erwarb sich Mary Grays Achtung, weil er freundlich und rücksichtsvoll war, reinen Geistes – und dazu ein hochgebildeter Liebhaber der Dichtkunst; die beiden Alten waren äußerst angetan von dem Respekt, ja der Ehrerbietigkeit, die er ihnen entgegenbrachte; Tom, den kleinen Bruder, verblüffte er regelmäßig mit wundersamen Erfindungen, wissenschaftlichen Spielzeugen gewissermaßen, deshalb hatte er in dem Jungen einen treuen Bundesgenossen. Fein dosiert und ganz im Vertrauen lernten die beiden Alten Mr. George Wayne – so nannte er sich – besser kennen, und ganz im Vertrauen gaben sie die Informationen an ihre engsten

Freunde weiter, die sie stante pede der gesamten Gemeinde zur Verfügung stellten, ganz im Vertrauen.

Eines Abends kam Mrs. Gray mit einer brühwarmen Neuigkeit ins Bett. Sie sagte: «John, ich habe mich gerade so interessant mit Mr. Wayne unterhalten! Du glaubst es nicht! Aber das darfst du niemals erzählen – kein Wort, zu niemandem, auch zu ihm nicht, auf keinen Fall –, denn er sagte, es wäre gar nicht gut, wenn das jemals bekannt würde.»

«Raus damit, du alte Närrin, raus damit! Ich halte schon dicht.»

«Na, du weißt doch, daß er jedesmal zuklappte wie 'ne Muschel, wenn wir ihn gefragt haben, was er für ein Landsmann wär'. Mal haben wir gedacht, er wäre Italiäner, dann Spanjer, und mal sogar, er wär' vielleicht Arabier. Ist er aber gar nicht. Er ist ein Franzose. Hat er mir erzählt. Und das ist noch nicht alles, von wegen. Seine Familie ist furchtbar reich und vornehm.»

«Nein! Was du nicht sagst! Hab' ich mir's doch schon immer gedacht. Jawoll, immer hab' ich's mir gedacht.»

«Und das ist immer noch nicht alles. Sein Vater ist ein Adliger!»

«Nein!»

«Doch! Und er nämlich auch!»

«Großmächtiger Caesar!»

«So wahr wie du vor mir liegst, er hat's gesagt. Er ist ein Graf! Stell dir mal vor!»

«Himmel noch mal! Und was geht so einer dann von zu Hause weg?»

«Dazu komme ich ja gleich. Sein Vater wollte, daß er ein hochwohlgeborenes Mädchen heiratete, weil es reich und vornehm war. Er wollte aber nicht; er sagte, entweder aus Liebe oder gar nicht. Dann gab es Streit. – Und dann noch eine politische Verwicklung. Er ist nämlich gar nicht gut zu sprechen auf den König oder den Kaiser oder was sie da haben, und das kam raus, und dann mußte er schleunigst aus dem Land. Zwei Jahre lang geht er nicht zurück, sagt er – bis die Sache verjährt ist –, sonst schmeißen sie ihn ins Gefängnis und lassen ihn außerdem noch zahlen, bis er schwarz wird.»

Mr. Gray setzte sich im Bett auf, so richtig aufgeregt. «Mensch, Mutter, der Schlag soll mich treffen, wenn ich mir nicht mindestens vierzigmal gedacht habe: ‹Dieser Musjöh ist ein König oder so was!› Und jetzt isses so, Himmel noch mal! Das hab' ich einfach gewußt gehabt; irgendwas hat's mir offenbar eingegeben. Donnerlittchen, das ist ein Ding!»

«Also, *mir* ist er ja auch immer wie ein echter Kaffalier vorgekommen, ganz was Besonderes.»

«Mutter» – flüsternd –, «weißt du nicht, daß er ein Auge auf Mary geworfen hat? Sag mal, weißt du das nicht?»

«Na ja, wie du sagst, ich hab's irgendwie auch manchmal gedacht – aber wo er doch so hochvornehm ist und so reich –»

«Da kümmer dich mal nicht drum. Hat er nicht seinem alten Vater erzählt, er würde nie heiraten, nur aus Liebe? Brauchst ihn nur zu ermutigen, sonst nichts. Ich tu's jedenfalls, da kannst du Gift drauf nehmen.»

«Aber, John, sie verzehrt sich doch so nach dem armen Hugh – und wenn's nur sein könnte, wär' ich schon auch dafür –»

«Zum Henker mit dem armen Hugh! Da sind wir noch mal gut rausgekommen. Und zwar ganz knapp. Du willst doch das Beste für deine Tochter, oder? Na also, ich auch. Stell dir mal vor, wenn sie so einen Grande heiratet! Als würde sie sich da noch lange um Hugh Gregory scheren! – Ach übrigens, sag mal – wie heißt er denn richtig?»

«Pass auf, Mann, das darfst du aber niemals weitersagen. Er heißt Graf Hubert döh Fantenblau. Isses nicht ein hübscher Name!»

«Na, gar keine Frage. – Verflixt noch mal, so 'n Vonundzu hätt' ich auch gern gehabt. John Gray! Mein Name taugt ja nicht mal für 'ne

Ratte! Hör zu, Sally, eins darf auf gar keinen Fall passieren, nämlich daß auch nur ein Sterbenswörtchen rumgeht, daß er ein Graf ist. Nicht ein Wort. Sonst sind alle Mädchen in vierzig Meilen Umkreis hinter ihm her.»

Ein bißchen unterhielten sie sich noch. Dann kam das Gespräch allmählich auf die Beziehung zwischen dem Grafen und Hugh Gregory. Anscheinend waren die beiden jungen Männer recht vertraut miteinander geworden und besuchten sich gegenseitig öfter. Mrs. Gray sagte, sie hätte gehört, der Graf hätte schon mehrfach versucht, Frieden zwischen Hugh und dem alten David Gray zu stiften, aber jedesmal auf Granit gebissen. – David hätte sich inzwischen geradezu für den Grafen erwärmt und freue sich auch, wenn er ihn im Büro auf ein Schwätzchen besuchen käme, würde sich aber beharrlich weiter weigern, mit Jung-Gregory Frieden zu schließen.

Allmählich versiegte das Gespräch der beiden Grays, die langsam einnickten. Doch da fuhr John Gray plötzlich wieder hoch und wisperte seiner Frau heiser ins Ohr: «Sag mal, Sally, noch was. Von dem Tag an, als ich den jungen Mr. Fantenblau da draußen im Schnee fand, haben wir ihn doch alle gedrängt, uns zu erzählen, wie er da hinkam, ohne eine Spur zu hinterlassen –

aber er hat nie ein Sterbenswörtchen gesagt und schnell das Thema gewechselt, wenn wir es ansprachen. Also – wie ist er denn nun da hingekommen? Hat er dazu was gesagt?»

«Nein. Bloß daß er es lieber erst nach und nach erzählen wollte. Sonst würd' es nur die Runde machen, und es gäbe gute Gründe dagegen. Aber er meinte, *uns* würd' er's nach und nach schon erzählen.»

«Na ja, na gut, wenn's nicht anders geht. Dann beherrsche ich mich eben noch eine Weile, aber ich platze bald vor Neugier.»

Kapitel 4

Irgendwo gab es ein Leck. – Binnen einer Woche sprachen alle flüsternd von «Graf Fontainebleau» und seinen unglaublichen Reichtümern. Außerdem hieß es, der Graf mache Mary Gray eindeutig den Hof und sie werde von John Gray – heftig – und seiner Frau – mäßig – dazu gedrängt, die gräfliche Werbung wohlwollend zu betrachten.

In Wahrheit saß Mary in der Klemme. Sie tat, was sie konnte, um sich den Wünschen ihrer Eltern zu beugen, doch des Nachts küßte sie immer wieder heimlich ein gewisses Bild und vergoß Tränen über einer gewissen Locke.

Eines Tages saß der Graf ein Stündchen bei David Gray im Büro und plauderte über dies und das. Er brachte das Gespräch allmählich auf das Thema Heirat und wollte gerade dazu kommen, daß er sich einige Hoffnungen auf Mary Gray machte, als David plötzlich nach draußen gerufen wurde. Der Graf vertrieb sich die Zeit damit, alle möglichen Blätter und Dokumente zu betrachten, die herumlagen oder aus halb offenen Schubladen schauten. Ein Papier las er mit besonderem Interesse und sagte dann: «Nur gut, daß ich's noch mal überprüft habe; jetzt bin ich beruhigt. War also doch nur ein Gerücht.»

Er machte sich auf zu John Grays Haus. Als er nach Mary fragte, erfuhr er, sie sei im Obstgarten. Dort schlenderte er über die Wege, bis er in einer abgelegenen Ecke den Zipfel eines Kleides bemerkte, der hinter einem Baum hervorlugte; an dieser Stelle stand eine rustikale Gartenbank, groß genug für zwei Personen, die sich in den letzten zwölf Monaten gelegentlich als sehr nützlich erwiesen hatte. Er näherte sich und stand plötzlich vor Mary. Hastig versteckte sie Hugh Gregorys Bild in ihrem Ausschnitt und sprang auf, sich die Augen tupfend – denn sie weinte.

«Mary, meine verehrte, meine angebetete Freundin», sagte der Graf und nahm ihre Hand, formvollendet wie immer. «Es bricht Ihnen das Herz, und ich bin schuld daran. Welch Unglück, daß ich Sie sah, bevor ich sah, daß Sie – ihn lieben. Sie zu sehen und Sie zu lieben war eins. Dagegen ließ sich nichts ausrichten. Später, als ich erfuhr, daß Ihr Vater diese Heirat verboten hatte, erschien mir meine Liebe nicht mehr unrecht Ihnen oder dem armen Hugh gegenüber

– und ich gab mich der Wahnvorstellung hin, Sie könnten mir vielleicht nach und nach einen Platz in Ihrem Herzen gewähren. Doch ich fürchte, es kann nicht sein. Ihre Tränen, Ihr Kummer gelten Hugh, und er ist es weiß Gott auch wert. Ich muß versuchen, Sie aufzugeben. Um Ihretwillen, die ich mehr liebe als Leben, Vermögen und Ruf – mehr als meine Seele! –, muß ich das Unmögliche versuchen! Sagen Sie nichts, ich beschwöre Sie! – Ich kann den süßen Klang Ihrer Stimme nicht hören, ohne meinem Entschluß untreu zu werden. Mein Wesen gehorcht dem Impuls. Der Anblick Ihres Jammers, dessen Zeuge ich soeben wurde, hat blitzartig die Kraft in mir geweckt, dieses Opfer darzubringen, und ebenso blitzartig muß ich meinem Entschluß folgen und mich dem Anblick Ihres Gesichts und dem Klang Ihrer Stimme entziehen, sonst muß ich scheitern. Ich gehe – ich gebe mein Bestes – möge Gott mir einen schnellen Tod gönnen – mehr will ich nicht! Und kein Wort! Nicht ein Wort, ich flehe Sie an! Meine Geliebte, meine Geliebte, leben Sie wohl, und Gott schütze Sie!»

Sein Taschentuch vors Gesicht gepreßt, eilte er einen Augenblick später zum Haus zurück. Mary Gray stand da wie eine Salzsäule und starrte ihm nach, bis er verschwunden war. Dann schluchzte sie: «Oh, wie hab' ich ihn verkannt! Er ist von tausendmal edlerem Wesen, als das vornehmste Blut und der älteste Stammbaum ihn machen könnten. Vor fünf Minuten noch hätte ich ihn fast gehaßt. Und jetzt – ja, jetzt könnte ich ihn fast – lieben! Oh, wie ich dich respektieren, ehren, verehren werde, solang ich lebe – du großes, reines, edles Herz!»

Kapitel 5

Drei Tage lang bekamen die Grays den Grafen nicht zu Gesicht. Vater und Mutter wunderten sich, sagten aber wenig, denn ihnen fiel auf, daß Mary in besserer Stimmung war als sonst, woraus sie schlossen, daß die Dinge zwischen ihr und dem Grafen vorangeschritten seien.

Bei Einbruch der Dunkelheit am dritten Tag stand der Graf an einer Ecke im Dorf und wechselte ein paar Worte mit David Gray, als Hugh Gregory vorbeiging; und innehielt; zögerte; umkehrte und den Grafen fragte, ob er vorhabe, demnächst nach Hause zu gehen. Bevor der Graf antworten konnte, sagte David Gray: «Vergeuden Sie Ihre Zeit nicht mit mir, Graf, wo es doch bessere, anständigere und freundlichere Leute gibt, mit denen Sie sich umgeben können. Ich werde Sie nicht länger aufhalten.»

«Haben Sie mich damit gemeint, Sir?» fragte Hugh.

Mehrere Passanten blieben stehen, um zuzuhören.

«Jawohl, damit habe ich allerdings Sie gemeint, mein Herzchen. Sie sind hier nicht stehengeblieben, um dem Grafen etwas zu sagen. Sondern weil Sie dachten, es würde mich ärgern. Das wissen Sie ganz genau. – So machen Sie es immer. Sie denken vielleicht, ich kenne Sie nicht. Aber Ihresgleichen war doch hinter Mary Gray her, nicht wahr? Und alles aus Liebe. Na sicher – und natürlich ohne eine Ahnung davon, daß ich ihr meine bescheidenen Ersparnisse hinterlassen wollte. Nein, natürlich nicht! Aber Ihnen werd' ich das eine oder andere zeigen, mein Bürschchen. Wenn ich die nächsten achtundvierzig Stunden überlebe, mache ich ein neues Testament, und in dem kommt Mary Gray nicht mehr vor. Sie brauchen mich gar nicht so grimmig anzuschauen, mein Freund, das lasse ich mir nicht bieten.»

«Es hat keinen Zweck, sich mit einem Wahnsinnigen zu streiten», sagte Hugh mit bemühter Ruhe. «Ich werde besser –»

Der Stock des zornentbrannten Alten krachte auf Hughs Kopf, als dieser sich gerade auf dem Absatz umdrehte, brachte ihn ins Wanken und unterbrach seinen letzten Satz. Im nächsten Augenblick schoß Hughs Faust auf Schulterhöhe nach vorn und streckte David Gray der Länge nach hin. Voller Wut wollte sich Hugh auf ihn stürzen, wurde jedoch von mehreren Umstehenden ergriffen und davongezerrt, während er sich loszumachen versuchte und ausrief: «Laßt mich los! Laßt mich! Er hat mich hundertmal aufs schlimmste beleidigt, jetzt kann mich nichts mehr davon abhalten, die Rechnung zu begleichen!»

Kapitel 6

Gegen zehn Uhr am nächsten Morgen betrat der Graf John Grays Haus, und John Grays Herz lachte wieder. Seine Lordschaft schaute matt, mutlos und melancholisch drein und sagte: «Fern von diesem Haus zu sein ist elend; es gibt kein Glück als hier! Mein Herz dürstet – laßt mich Mary sehen!»

Dem Wunsch wurde umgehend entsprochen; Mary kam, die anderen gingen. Der Graf sagte: «Oh, ich mußte kommen – ich konnte nicht leben, wo Sie nicht waren! Ich habe mich so bemüht, Sie zu vergessen – um Ihretwillen –, doch es überstieg meine Kräfte. Schauen Sie mich an – und betrachten Sie jedes Haar auf meinem Kopf, jeden Zug auf meinem Gesicht als einen Zeugen der Qualen, die ich erlitten habe. Ich konnte nicht rasten noch ruhen. Ich bin gekommen, mich Ihnen auf Gnade und Ungnade zu ergeben – Sie um Mitleid anzuflehen, um mein Leben zu betteln. Denn ohne Sie kann ich nicht leben. Ich habe es mir abverlangt, mit grausamer Härte abverlangt – und bin gescheitert. Haben Sie Erbarmen!»

Marys Mitgefühl loderte hoch auf, ihre Tränen fielen wie der Regen. Sie versuchte, etwas Tröstliches zu sagen; er antwortete mit leidenschaftlichen Beschwörungen. Und so ging das unglückliche Ringen weiter, bis John Gray ins Zimmer platzte und rief: «David ist ermordet worden! Und Hugh Gregory sitzt deshalb im Gefängnis!»

Mary fiel in Ohnmacht.

Den ganzen Tag war das Dorf in Aufruhr. Das Alltagsleben stand still. Eine Menschenmenge sammelte sich vor David Grays Büro und ereiferte sich stundenlang über den Mord, geduldig auf eine Gelegenheit wartend, hineinzukommen und das schaurige Spektakel drinnen anzustarren. Der Tote lag in einem Meer von Blut. Die umgestürzten Möbel zeigten, daß ein Kampf stattgefunden hatte. Auf dem Schreibtisch lag ein Blatt, vom Block abgerissen, auf dem David Gray einen Satz begonnen, dessen Ende jedoch nicht mehr erlebt hatte – nämlich: «Ich, David Gray, der ich im Vollbesitz meiner geistigen Kräfte und –»

Neben der Leiche war ein Stoffetzen gefunden worden, der genau zu einer abgerissenen Ecke von Hugh Gregorys Rockschoß paßte;

und auf Hughs Beinkleidern entdeckte man mehrere winzig kleine Blutspritzer. Da lag der Eröffnungssatz eines Testamentes, und dieses Testament sollte das zukünftige Vermögen des Mädchens hinwegfegen, dessen Ehemann Hugh Gregory eines Tages zu werden hoffte. Man raunte, Hughs Vater sei in letzter Zeit gefährlich ins Wanken geraten, in finanzieller Hinsicht; der Zwischenfall des Vorabends wurde ausführlich erörtert. Dann kam jemand mit der Bemerkung, die Hugh einst gemacht hatte, daß David Gray ihn «irgendwann einmal zu oft» schmähen und beleidigen würde.

Keine Frage, Hugh Gregory war der Mörder. Jeder mußte das zugeben und war tief betrübt darüber. Doch die meisten waren überzeugt, daß ihn keine niedrigen Beweggründe, sondern das unstillbare Bedürfnis nach Rache für die lang erduldeten Beleidigungen dazu getrieben hätten. Hugh beteuerte eisern seine Unschuld, trotz der fatalen Kette belastender Indizien. Seine Unschuldsbekundungen klangen so aufrichtig, daß sich einige Leute aus dem Dorf eine Weile in ihrer Meinung irremachen ließen, doch nur eine Weile; denn am mittleren Nachmittag fand man ein blutiges Messer, das, wie allseits bekannt, Hugh gehörte, am unteren Ende seiner Matratze versteckt; ein verschwindend kleiner roter Fleck auf dem Drillich hatte die Aufmerksamkeit auf den schmalen Riß gelenkt, durch den das Messer hineingeschoben worden war.

Kein Mensch glaubte jetzt noch an Hugh Gregorys Unschuld, außer Mary Gray, und auch ihr Vertrauen schwand dahin. Hugh hatte ihr einen Brief geschrieben, in dem er sie anflehte, den Glauben an ihn nicht zu verlieren; Gott in Seiner Gnade werde zu Seiner Zeit die Wahrheit gewiß an den Tag bringen. Doch dieser Brief blieb bei John Gray hängen und kam nicht weiter. Mehrere Tage lang harrte Mary Gray verzweifelt der Antwort auf eine Nachricht, die sie Hugh geschickt hatte, mit der Bitte, ihr doch ein tröstliches Wort zu sagen; doch es kam keine Antwort – bis zu ihr. Tommy Gray hatte versprochen, Marys Brief zu Hugh zu schmuggeln, und seinen Auftrag auch erfüllt; doch der alte Gray behielt den Jungen im Auge; er fing die Antwort ab und schüchterte ihn derart ein, daß dieser Mary bereitwillig berichtete, wie Hugh ihren Brief vor seinen Augen zerknüllt habe, mit den Worten, wenn sie ihn wirklich liebe, würde sie Himmel und Erde für seine Rettung in Bewegung setzen, statt wertvolle Zeit mit der Nachfrage zu verschwenden, ob er schuldig oder unschuldig sei. Es folgten mehrere Tage und Nächte tiefster Qual, und nur die freundliche Zuwendung und die warmen Worte des Grafen konnten das Leiden des Mädchens ein wenig lindern. Schließlich gab sie alle Hoffnung auf und fügte sich in die bittere Erkenntnis von Hugh Gregorys Schuld. Auch ihre Mutter war inzwischen davon überzeugt. Und so nahm in diesem Haus niemand mehr seinen Namen in den Mund. Mary jedoch mußte feststellen, daß auch das Verbrechen die Liebe nicht abtöten konnte. Sie liebte Hugh Gregory immer noch – diese Liebe ließ sich nicht bezwingen. Aber heiraten könne sie ihn niemals, sagte sie. Nun komme, was da wolle, sagte sie; ihr sei es gleich, was das Schicksal ihr noch bringe.

Während die Wochen verstrichen, lernte sie den Grafen zu schätzen, denn in seiner Gesellschaft kam sie noch am ehesten zur Ruhe.

Es würde lange dauern, die Bitten, Beschwörungen und Belagerungen aufzuführen, die am Ende Mary Grays Widerstand zermürbten und ihr die Zustimmung, Graf Fontainebleau zu heiraten, abrangen. Das Vermögen, das durch den Tod des Onkels auf Mary – und damit auf die ganze Familie – übergegangen war, stachelte den Ehrgeiz ihres Vaters nach Höherem nur noch an, nun wollte er sich mit ausländischem Adel verbunden sehen. Als es darum ging, ein

Datum für die Hochzeit zu finden, sagte Mary matt: «Entscheidet ihr das. Mir ist es gleichgültig. Laßt mir nur ein wenig Zeit und Ruhe.»

Der 29. Juni wurde festgesetzt, die Hochzeit sollte im engsten Kreise stattfinden, in John Grays Haus. – Von nun an ging Mary Gray nicht mehr vor die Tür und weigerte sich, irgend jemanden zu empfangen außer ihre Familie und den Grafen. Das Neueste des Tages und der Dorfklatsch wurden in ihrer Gegenwart nicht angesprochen. Nur eins ließ die Zukunft erhoffen. Man hatte ihr versichert, Hughs Prozeß könne dank der Finessen seiner Anwälte um ein oder zwei Jahre hinausgezögert werden, und das werde er wahrscheinlich gar nicht mehr erleben, da seine Gesundheit bereits einigen Schaden genommen hatte.

In Wirklichkeit kam es sehr bald zum Prozeß. Dies wurde aber vor Mary geheimgehalten. Der Schuldspruch erfolgte am 22. Juni. Und als Tag der Vollstreckung durch den Strang wurde der 29. bestimmt – der Tag der Hochzeit!

Verwirrung! Was nun? Die Hochzeit verschieben? Nein. Nicht nötig. Das ganze Dorf war aufgewühlt vor Kummer. David Gray war allgemein verhaßt, Hugh Gregory dagegen uneingeschränkt beliebt gewesen. Die Leute hatten sich eingeredet, es sei sicher nur ein Urteil wegen Totschlags und eine Gefängnisstrafe zu erwarten. Schon eilten Boten quer durchs Land zur Hauptstadt; ganz bestimmt würde die Urteilsvollstreckung ausgesetzt, womöglich käme es zu einer Begnadigung. Wozu also die Hochzeit verschieben? Mary wußte nichts von dem Urteil, nicht einmal vom Prozeß.

Kapitel 7

Unbehaglich fühlte sich die Runde, die am späten Vormittag des 29. Juni in John Grays Haus beisammensaß, denn alle außer Mary wußten, daß kein Aufschub der Vollstreckung gekommen war. Selbst John Gray schauderte es bei dem Gedanken, die Hand eines arglosen Mädchens einem Mann zu geben, den sie nicht liebte, während derjenige, den sie liebte, einem Tod der Schande entgegenging. Mrs. Gray lag seit einer Woche krank im Bett, erdrückt von der Angst, die Gesuche um Aufschub oder Begnadigung könnten womöglich Schiffbruch erleiden. Der alte Reverend hatte sich geweigert, seines Amtes zu walten, so daß man einen fremden Prediger auf der Durchreise für die Trauung heranziehen mußte. John Gray fing ihn an der Tür ab und ermahnte ihn, den freudigen Anlaß nur ja nicht durch irgendeine Anspielung auf die traurigen Ereignisse im Dorf zu trüben.

Der Fremde sagte vorsichtig: «Sie hätten mich nicht warnen müssen. Kein Mensch könnte das bei einem solchen Anlaß. Ich bin am Galgen vorbeigekommen. Das ganze Dorf war dort. Keiner zeigte sich ungerührt; alle Frauen und einige der Männer weinten. Der junge Mann stand unter dem Galgen zwischen den Sheriffs, die Schlinge baumelte über seinem Kopf im Wind. Er war blaß und abgezehrt, doch er stand aufrecht wie ein Ehrenmann. Und gesprochen hat er auch. Er beharrte auf seiner Unschuld. Er sagte, dies seien die Worte eines Mannes im Angesicht des Todes, im Angesicht Gottes, und Gott wisse, er sei unschuldig. Überall wurden klagende Stimmen laut: ‹Wir glauben dir, wir glauben dir.› Zweimal sagte er, er sei bereit, die Sheriffs ergriffen die Schlinge und die schwarze Kapuze, doch beide Male erhob sich ein großes Geschrei: ‹Wartet, wartet, um Gottes Barmherzigkeit willen! Der Aufschub kommt bestimmt, die Begnadigung kommt bestimmt!› Dann sah ich überall Menschen, die auf Wagen und Äste geklettert waren, mit der Hand die Augen beschatteten und in die weite Prärie hinausstarrten; alle paar Minuten rief einer aus: ‹Da! Ist das nicht ein Mann auf einem Pferd? – Nein – ja – ganz da hinten, das ist ganz bestimmt ein schwarzer Fleck – das muß doch ein Pferd sein!› Doch jedesmal war's eine Enttäuschung. Schließlich zogen die Sheriffs dem armen Burschen die schwarze Kapuze übers Gesicht, und was für ein Aufschrei ging da durch die Menge! Ich konnte es nicht ertragen und floh. Wie haben sie alle diese arme Seele geliebt, und wie haben ihn die Mutterherzen dort bemitleidet!»

Der Prediger und John Gray betraten das Wohnzimmer. Ein Segen wurde gesprochen, dann erhob sich Mary, blaß und matt, zwischen Graf Fontainebleau und ihrem Vater. Die Trauzeremonie nahm ihren Lauf: «Hubert Graf Fontainebleau, willst du diese Frau zu deinem gesetzlich angetrauten Weibe nehmen und geloben, sie zu lieben und zu ehren, bis daß der Tod euch scheidet?»

Der Graf neigte den Kopf.

«Mary Gray, willst du diesen Mann zu deinem gesetzlich angetrauten Gatten nehmen und geloben, ihm treu zu bleiben, ihn zu –»

Schon seit einer Weile hatte der Hochzeitsgesellschaft ein fernes Geräusch in den Ohren gesummt, stetig lauter werdend, als käme das, was es verursachte, immer näher. Nun brach ganz in der Nähe eine Salve wilder Jubelrufe los, und Sekunden später ergoß sich eine Meute johlender Dorfbewohner ins Haus, an der Spitze Hugh Gregory und die Sheriffs.

Mit einem einzigen Blick hatte Mary Gray die ganze märchenhafte Wahrheit in Hughs Augen gelesen, und schon lag sie in seinen Armen. Im gleichen Moment ergriffen die Sheriffs Graf Fontainebleau und legten ihm Handschellen an. John Gray standen lauter Fragezeichen ins Gesicht geschrieben – er war sprachlos vor Verblüffung. Einer der Sheriffs sagte: «Keine Sorge – das hat alles seine Ordnung. Dieser Teufel hat den Mord begangen. Er hatte einen Kumpan, der ist schwach geworden und hat gesungen, als er sah, daß Hugh gleich baumeln würde. Da hat er die ganze Geschichte erzählt, und wie er gerade zum Ende kommt, trifft auch der Aufschub vom Gouverneur ein. Und jetzt mußte ich Sie leider stören, denn natürlich wollte ich mir als erstes dieses saubere Frettchen hier vornehmen.»

Hugh sagte: «Ich brauche ja wohl kaum zu erklären, warum dies der erste Ort ist, wo ich hinwollte, um das Gesicht eines unschuldigen Mannes zu zeigen!»

Der Pfarrer trat bescheiden beiseite.

«Hiergeblieben!» sagte John Gray. «Setzt die Trauung fort! Steht auf, Mary Gray und Hugh Gregory, und ich will auf der Stelle tot umfallen, wenn noch ein böses Wort über meine Lippen kommt, solange ich John Gray heiße! Hier kommt auch meine Frau; jetzt haben wir alles beisammen, Herr Pfarrer – schließen Sie diesen Bund, und schließen Sie ihn fest!»

Kapitel 8
Die Beichte des Grafen

Zum Tode verurteilt für den Mord an David Gray, den ich vor einem Jahr beging, zeichne ich hiermit den wahren Bericht meines Lebens auf. Ich heiße Jean Mercier, geboren in einem Dorf in Südfrankreich. Mein Vater war Barbier. Ich erlernte den Beruf und übte ihn eine Zeitlang aus. Doch ich war begabt und ehrgeizig. Ohne fremde Hilfe erwarb ich mir eine Art Universalbildung. Ich lernte viele Sprachen, machte gute Fortschritte in den Naturwissenschaften und wurde auch so etwas wie ein Erfinder und Mechaniker. Ich eignete mir die Grundbegriffe der Seefahrt an. Mit der Zeit versuchte ich mich als Führer – als Reiseleiter. Ich begleitete Touristen durch die ganze Welt. Schließlich fiel ich in einer bösen Stunde einem gewissen Monsieur Jules Verne in die Hände, einem Schriftsteller. Damit fing der Verdruß an. Er zahlte mir einen üppigen Lohn und schickte mich in allen möglichen unangenehmen Fahrzeugen hierhin und dorthin, hin und zurück. Dann ließ er sich meine Abenteuer erzählen und machte aus jeder meiner Reisen ein Buch. Das wäre ja noch angegangen, wenn er sich an die Tatsachen gehalten hätte; aber nein, nichts war ihm gut genug, er mußte alles ausschmücken. Er verdrehte meine schlichten Erlebnisse zu extravaganten Wundertaten. Das demütigte mich mehr, als ich sagen kann, denn ich nahm es empfindlich genau mit der Wahrheit und aufrichtigem Gebaren – damals jedenfalls. Alle meine Freunde wußten, wo ich angestellt war; sie glaubten, diese Geschichten wären genau so aufgezeichnet worden, wie ich sie erzählt hätte – und einer nach dem anderen erkannten sie mich plötzlich nicht mehr, sie schnitten mich regelrecht. Zu wiederholten Malen protestierte ich bei Monsieur Verne – es hatte keinen Zweck. Dieser Mann schickte mich mit einem lecken alten Sandkahn die Seine hinunter; als ich zurückkehrte, hörte er sich meine Geschichte an, machte sich an die Arbeit und walzte sie zu jenem unerträglichen Buch namens *Zwanzigtausend Meilen unter den Meeren* aus. Als nächstes kaufte er einen alten, gebrauchten Fesselballon und schickte mich darin in die Lüfte. Die alte Blase ging ungefähr zweihundert Meter hoch, dann platzte sie, und ich stürzte in eine Ziegelei und brach mir das Bein. Das literarische Ergebnis dieses Ausflugs hieß *Fünf Wochen im Ballon.* Er schickte mich noch auf ein oder zwei kurze, alberne Flüge mit dem abgewrackten Ding und verwertete das für seine überspannten Bücher. Jedenfalls dauerte es nicht lange, da schickte er mich mit einem Ochsenkarren von Paris den ganzen Weg bis in eine Bettlerstadt am äußersten, hintersten Ende Spaniens. Fast ein Jahr war ich unterwegs und wäre bald an Niedergeschlagenheit und Hunger gestorben, bevor ich wieder zu Hause war. Was war das Resultat? Freilich, *Reise um die Welt in fünfundachtzig Tagen!* Er flickte seinen elenden Ballon und schickte mich wieder los. Ich hing drei Tage lang, ohne mich rühren zu können, in den Wolken über Paris fest und wartete auf einen Windhauch, dann stürzte ich in den Fluß, holte mir eine fiebrige Erkältung und lag mindestens ein Vierteljahr im Bett. Während ich dalag, brütete ich über meinem Unglück, und mit der Zeit wurde mir der Gedanke an Mord immer vertrauter, ja willkommener, kann ich sagen. Als ich wieder gesund war, sagte er, er hätte den Ballon vollkommen überholen lassen, die nächste Reise würde er zusammen mit mir unternehmen. Ich war froh. Ich hoffte, wir würden uns beide den Hals brechen. Er schaffte seine lederne Reisetasche, seinen Pelzmantel und all seinen feinen

Plunder in den Ballon, dazu eine Menge Proviant, Spirituosen und wissenschaftliche Instrumente. Und gerade als wir lossegelten, drückte er mir die Verfälschung meiner letzten Reise in die Hand – ein Buch namens *Die geheimnisvolle Insel!* Ich warf einen Blick hinein – und es reichte mir. Das war mehr, als ein Mensch erdulden kann. Ich warf ihn aus dem Ballon! Er muß bestimmt dreißig Meter tief gefallen sein. Ich hoffe, es hat ihn umgebracht, aber ich weiß es nicht. Natürlich wollte ich nicht an den Galgen, deshalb warf ich noch die wissenschaftlichen Instrumente hinterher, um Ballast loszuwerden; dann zog ich Monsieur Vernes gute Kleider an und machte es mir mit seinem Essen und seinen Weinen gemütlich. Doch ich hatte zuviel Ballast abgeworfen. Der Ballon flog so hoch, daß mich der Schlaf übermannte, dann die Ohnmacht. Danach weiß ich nichts mehr, bis zu dem Augenblick, als ich mitten im Schnee in John Grays Prärie erwachte. Ich weiß nicht, was aus dem Ballon geworden ist. Aber ich weiß, von den Daten her, daß die Reise von Frankreich nach Missouri zwei Tage und einundzwanzig Stunden gedauert hat. Und nun wird John Gray verstehen, wie ich seine Prärie überqueren konnte, ohne eine Spur zu hinterlassen – das hat ihn immer neugierig gemacht, den Armen; aber ich dachte, wenn ich ihm das erzähle, bekommt die Geschichte Flügel und landet in der Zeitung, dringt nach Frankreich und lockt irgendeinen Naseweis an, der gern wissen möchte, ob dieser fremde Ballonflieger nicht etwas Erhellendes über die letzten Minuten des Monsieur Verne zu sagen hat.

Ich kam zu dem Schluß, daß es am besten für mich wäre, einen erfundenen Namen anzunehmen und für den Rest meiner Tage in Deer Lick zu bleiben; nur mit der Vorstellung, auf ewig meinen Lebensunterhalt als Lehrer zu verdienen, konnte ich mich nicht abfinden. Und als ich zufällig mit anhörte, daß David Gray seinen gesamten Besitz Mary Gray vermachen wollte, lockte ich ihren Vater mit meinem falschen, fremden Vermögen und Adelstitel und begann mit der Brautwerbung. Eines Tages ließ mich David Gray einen Augenblick allein in seinem Büro, ich stöberte herum und fand ein Testament, in dem als Erbe seiner gesamten Habe ein entfernter Verwandter eingesetzt war, nicht Mary. Meine Liebe kühlte sich ab, und ich ging schnurstracks zu Mary und teilte ihr mit, ich wolle versuchen, mir meine Liebe zu ihr aus dem Herzen zu reißen, um ihretwillen natürlich. Doch als Gregory und David Gray sich in meiner Gegenwart stritten, wurde mir klar, daß ich ein altes Testament entdeckt hatte und daß es ein neueres geben mußte, in dem er tatsächlich alles Mary hinterließ. Also beschloß ich von neuem, Mary zu heiraten, und ich wußte, ich würde es schaffen. Dieser unangenehme alte Mr. Gray wäre heute noch am Leben, und ich würde geduldig warten, bis er auf natürlichem Wege tot umfiele, wenn er nicht so töricht gewesen wäre, laut zu schwören, daß er gleich nach Hause gehen und ein neues Testament machen wolle, um Mary zu enterben. Da hielt ich es für das beste, wenn er seine Schlafstatt so schnell wie möglich zu seinen Vätern verlegte. Einem Menschen, dessen Geist von Torturen, wie sie mir Monsieur Verne zumutete, erschüttert worden ist, fällt das Morden leicht. Ich heuerte ohne Umschweife einen Helfershelfer an, der vor David Grays Tür Wache hielt, während ich mich dieser Person entledigte. Ich hatte meinem Komplizen eine Farm zugesagt. Er hat es nur sich selbst zu verdanken, daß er heute nicht als Landbesitzer in dieser überaus reizenden und hochgeistigen Gemeinde aus frommen Schweinezüchtern lebt. Wie auch immer, gegen Mitternacht lieh ich mir ein Messer von Mr. Gregory aus – dieser Provinzler schläft wie ein Grabstein und schnarcht wie eine Lokomotive –, und binnen einer Viertelstunde hatte sich

David Gray aus dem aktiven Geschäftsleben zurückgezogen. Er hatte sein neues Testament gerade erst angefangen – und falls mir seit dem damaligen Tage Mr. und Mrs. Hugh Gregory dafür gedankt haben sollten, daß der erste Satz dieses Dokuments auch der letzte blieb, so muß mir dieser Umstand entfallen sein. Ich trug beim Kampf ein, zwei schlimme Schrammen an den Händen davon, aber da ich stets Handschuhe anzog (eine Angewohnheit, die ich in dieser unzivilisierten Gegend ganz für mich allein hatte), sah sie kein Mensch. Ich gab Mr. Gregory sein Messer zurück – genauer gesagt, ich steckte es in sein Bett; dann lieh ich mir ein Stück seines Rockschoßes aus, um es zu der Leiche zu legen, und nachdem ich ihm gute Nacht gewünscht hatte, was er mit einem Schnarchen quittierte, hinterließ ich noch ein paar kleine Blutflecken auf seinen Beinkleidern und machte mich davon. Ich wußte, daß die Gemeinde aus lauter hirnlosen Zeitgenossen besteht, deshalb würden sie das versteckte Messer und die Blutflecken als vernichtende Beweise gegen den Schnarcher werten. Ein Mensch mit Köpfchen hätte gesagt: «Nur ein Narr würde Blut auf seinen Kleidern lassen und sein Messer in der Matratze verstekken, geschweige denn mit einem Blutfleck auf das Versteck aufmerksam machen.» Lebt wohl, ihr guten Schweinebauern, ich bin bereit zu gehen, denn mich verzehrt ein großes Verlangen danach, meinen Monsieur Verne selig zu fragen, wie viele Kapitel seiner *Achtzehn Monate im Höllenofen* er schon geschrieben hat und wen er angestellt hat, um herumzulaufen und für ihn die Fakten zusammenzutragen, während er sich in seinen Privatgemächern rösten läßt und hinterher alles ausschmückt. Außerdem wüßte ich gern, wo er nach seinem Sturz wohl gelandet ist.

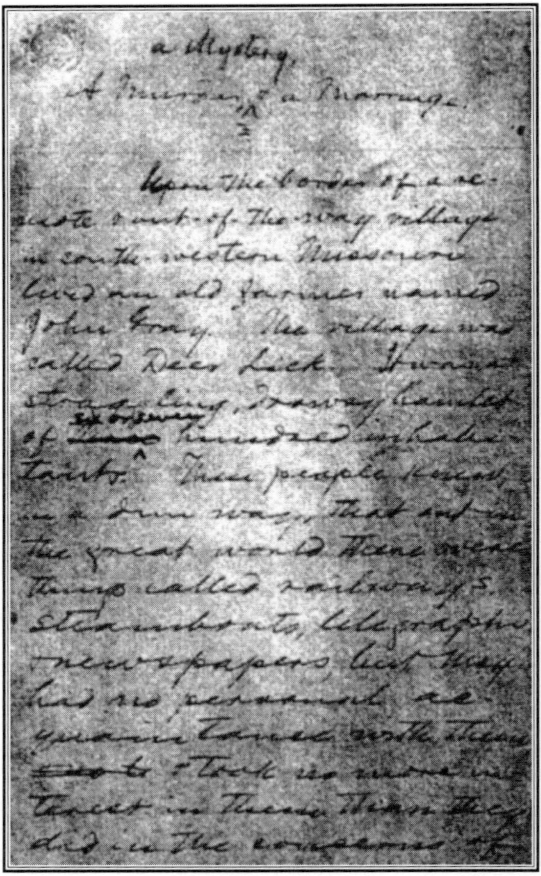

a Mystery
A Murder, a Marriage.
&

Upon the border of a remote & out-of-the-way village in south-western Missouri lived an old farmer named John Gray. The village was called Deer Lick. It was a straggling, drowsy hamlet of six or seven hundred inhabitants. These people knew in a dim way, that out in the great world there were things called railways, steamboats, telegraphs & newspapers, but they had no personal acquaintance with them, & took no more interest in them than they did in the concerns of

Die erste Seite des Originalmanuskripts

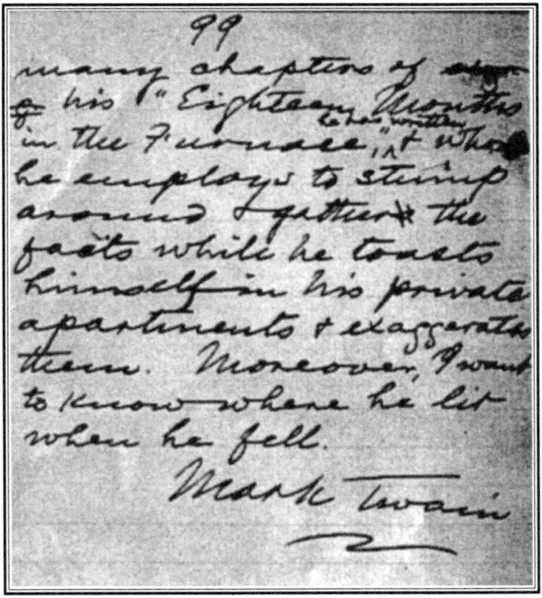

99
many chapters of
of his "Eighteen Months
in the Furnace," which was written in which
he employs to string
around & gather the
facts while he toasts
himself in his private
apartments & exaggerates
them. Moreover, I want
to know where he lit
when he fell.

Mark Twain

Die letzte Seite des Originalmanuskripts

NACHWORT

IN GAR KEINEM LAND

I

«Wo bin ich?» fragt der Luftschiffer in *A Murder, a Mystery, and a Marriage,* als er nach der Havarie seines Fesselballons auf einem schneebedeckten Feld zu sich kommt. Im amerikanischen Originaltext tut er dies zunächst auf Französisch und dann auf Deutsch. «Du bist in einer Erzählung Mark Twains!» möchte ihm der heutige Leser hilfsbereit antworten. Aber eine solche Wechselrede erlaubt die Literatur nicht. Und so versucht der polyglotte Ballonfahrer sein Glück in stolzen fünf europäischen Zungen vergeblich, bis er das grimmige Gemurmel des Farmers, der ihn auf seinem winterlichen Acker gefunden hat, als eine Art Englisch identifiziert und den Alten in dieser Sprache anredet.

Der aber antwortet auf die Frage, in welchem Land man sich befinde, mit einem Fluch und der mürrischen Behauptung, man sei in gar keinem Land: *«What country?» – «Why, dern it all, you ain't in any country.»*

Dann erst, mit dem nächsten Satz, wird der

Franzose endlich erfahren, was der Leser der Erzählung schon von der ersten Zeile an weiß: Wir sind in Missouri, in den Vereinigten Staaten von Amerika.

Der Zusammenprall zweier Kulturen, den der Autor in die fast abstrakte Szenerie einer verschneiten Landschaft verlegt hat, scheint arg zu Ungunsten des Amerikaners auszugehen. Sein Gegenüber, der Europäer, eben erst aus tiefer Bewußtlosigkeit erwacht und kurz vor einem heftigen Fieberanfall, brilliert in sechs verschiedenen Sprachen und führt in einer erworbenen, in erstklassigem Englisch, die Klärung der Lage herbei. Der Amerikaner hingegen gibt den tölpelhaften Hinterwäldler, der sein ländliches Idiom für die einzig mögliche Verkehrsform hält. Kurz neigt er sogar dazu, dem verunglückten Fremden, nur weil der nicht genauso spricht wie er selbst, das Mensch-Sein überhaupt abzusprechen.

Mark Twain wußte wahrlich, was ein Hinterwäldler ist. Er kannte die hoffnungslose Verlorenheit der amerikanischen Provinz, weil er ihr entkommen war. Weltläufigkeit war ihm, der seine Kindheit und Jugend im ländlichen Missouri verbrachte, nicht unbedingt an der Wiege gesungen worden. Leicht hätte auch seine Autorschaft enden können, wie sie begonnen hat:

in der Redaktionsstube irgendeines Kleinstadtblattes. Twain hat diese Orte journalistischer Verdammung, wo der Autor auch Redakteur, Setzer und Drucker war und die immergleichen Sensationen des ländlichen Daseins mit Hilfe vorsintflutlicher Maschinen aufs Papier brachte, oft mit finsterem Sarkasmus beschrieben.

II

Wahrlich finster sind auch die Verhältnisse in Deer Lick, dem Kaff, in dem Twain Europa und die USA aufeinanderprallen läßt. Die erste große Dynamik der US-amerikanischen Geschichte, die Landnahme, der Zug nach Westen, scheint hier nicht einmal mehr als ein Gerücht präsent. Der Boden, der doch erst wenige Generationen zuvor unter Einsatz des Lebens erobert und urbar gemacht worden ist, liefert zwar den nötigen materiellen Ertrag, aber ideell ist er unfruchtbar geworden.

John Gray, Twains exemplarischer Farmer, liebt sein Land nicht. Im Gegenteil, seine kleine Farm hat ihm in den dreißig Jahren, die er sie bewirtschaft, gnadenlos die Grenzen seiner existenziellen Möglichkeiten aufgezeigt. Die Bitternis dieser Erfahrung ist in der Figur, wie sie uns Twain entgegentreten läßt, nicht – nicht einmal mehr kausal – von der offensichtlichen Härte und der latenten Grausamkeit Grays zu trennen.

Man ist nicht glücklich in Deer Lick, Missouri. Und das große amerikanische Versprechen, daß jeder, der sein Glück wirklich wolle, dieses Glück unter dem Sternenbanner auch machen könne, hat im Alltag dieser Provinz einen höhnischen, einen bauernfängerischen Beigeschmack bekommen. Allenfalls die Jungen ahnen in ihrer Naivität noch nicht, wie wenig das Leben in Wirklichkeit für sie bereithält. So hängt über dem kleinen Ort bereits der Geruch von Betrug, bevor der Betrüger, als Hauptfigur der Handlung, vom Himmel fällt.

Dem, der als Leser von Twains großen Romanen zu dieser wiederentdeckten Erzählung kommt, wird auch die Abwesenheit des Mississippi auffallen. Der große Verkehrsstrom, der den Bundesstaat Missouri im Osten begrenzt, und seine moderne Dampfschiffahrt sind für die Bewohner von Deer Lick im südwestlichen Winkel dieses Staates genauso unerreichbar fern wie die anderen Dinge der großen weiten Welt, wie die Eisenbahn, die Telegrafen oder die Zeitungen.

Damit spart Mark Twain den zweiten großen

Aufbruch des jungen Amerika fast gewaltsam aus. Kein Wort über die Auswirkungen der technischen und ökonomischen Revolution, über die ungeheure Dynamik, die der Kapitalismus seit dem Ende des Bürgerkriegs in den USA entfesselt hat. Twain, der die euphorischen Aufschwünge und Katastrophen dieser Jahrzehnte hautnah miterlebt, der selbst zum Unternehmer werden, wagemutig spekulieren und einen spektakulären Schuldenberg aufhäufen wird, bringt nichts von dieser Aufbruchsaura in seine Geschichte ein. Aber er braucht es auch nicht. Deer Lick, in dem man noch keine Lokomotive fauchen, keinen Telegrafendraht singen und noch keine Aktie knistern gehört hat, ist doch auf eine allgemeinere Weise von der neuen Zeit erreicht worden. Auch durch das verschlafene Nest und durch die Hirne seiner Bewohner wispert der Rumor der Zeitgenossenschaft: die Versprechungen des großen Geldes.

Das Sich-Nähren von der Scholle und die Sicherheit der begrenzten Verhältnisse, das Dasein als Farmer bringt John Gray nicht in Einklang mit der Welt. Sein letzter Lebenstraum, gerade in seiner Unerfüllbarkeit schmerzlich süß, gilt einem echten Vermögen, einer großen Menge jederzeit verfügbaren Geldes. Der Erzähler Mark Twain hat ein untrügliches Gespür dafür, wie sich diese Sehnsucht nach viel Geld in einen schändlichen Zusammenhang setzen läßt. Im Fall Grays verwendet er einen Einfall, auf den er wiederholt zurückgegriffen hat.

Gleich die erste Szene zeigt die alten Grays im Ehebett. Im ersten Dialog des Textes erwägt das Paar die Chancen ihrer Tochter Mary, durch Erbschaft oder Heirat an eine größere Summe zu kommen. Damit ist der innerste soziale Kreis des amerikanischen Lebens, die Familie, und als deren intimster Ort das Bett, in dem die nächste Generation gezeugt wird, vom Geld und von der Gier nach ihm erobert.

Die letzte große Versuchung aber muß, wie so oft in Mark Twains Geschichten, von außen kommen. Sein erzählerisches Kalkül, das von dem Wissen zeugt, wie man die Schraube des Plots mit einer überraschenden Drehung noch tiefer in die Phantasie des Lesers treibt, läßt die entscheidende Figur, den teuflischen Versucher, dieses Mal sogar aus den Wolken stürzen. Aber warum muß es ausgerechnet ein Europäer und partout ein Franzose sein?

III

Von Twain ist das Bonmot überliefert, es sei schon wahr, daß der moderne Amerikaner oft nicht wisse, wer sein Großvater gewesen sei. Aber damit habe man es in den USA immer noch besser als in Frankreich, wo keiner ganz sicher sei, ob er seinen Vater zum Vater habe. Auch in *Eine Bluttat, ein Betrug und ein Bund fürs Leben* spekuliert Twain mit diesem Vorurteil von den moralisch fragwürdigen Franzosen. So grell sind die kultivierte Falschspielerei des Fremden vor den Dörflern und seine galante Verlogenheit gegenüber Mary gezeichnet, daß den heutigen Leser nur noch die Persiflage des Vorurteils amüsieren mag.

Twains Zeitgenossen jedoch hätten dies gewiß anders empfunden, wäre die Geschichte in Druck gegangen. Ein Blick auf die Prospekte, mit denen für die Subskription von Twains Büchern geworben wurde, zeigt, wie sehr der Autor und sein Humor damals allen *true Americans* ans patriotische Herz gelegt wurde. Er, dessen manchmal geistreiche, oft schamlos rüde und nicht selten plump klischeehafte Attacken gegen die Europäer und ihre angeblichen Nationalcharaktere Legion sind, wurde schon zu Lebzeiten als amerikanische Integrationsfigur vermarktet, und er hat das damit verbundene publizistische Spiel immer wieder gekonnt ausgereizt.

Die Zeit war günstig für einen, der das Zeug dazu hatte: der als Vortragsredner mit seinen schauspielerischen und rhetorischen Fähigkeiten und als Journalist mit seinem polemischen Talent glänzen konnte. In der Mitte des 19. Jahrhunderts beginnt die junge nordamerikanische Nation Europa als ein bildliches Gegenüber, als ihren Widerpart zu begreifen. Wohlhabende Amerikaner gehen auf Europa-Tour. Und Reiseberichte aus dem auf neue Weise entdeckten alten Kontinent füllen die großen amerikanischen Blätter. Die Gesichter Europas sollen helfen, das eigene Konterfei zu erfassen. Dabei geht es nicht darum, die Herkunft der jungen amerikanischen Kultur zu verstehen. Man will die eigene Identität nicht geschichtlich begründen, sondern deren Eigenart ahistorisch durch schlichte Abgrenzung gegen Andersartiges als etwas fast naturhaft Eigentümliches bestimmen.

IV

Twains erstes Buch, sein erster nachhaltiger Erfolg als Autor, *The Innocents Abroad,* faßt den journalistischen Ertrag einer Fahrt über den Atlantik zusammen und dient diesem Zweck. Und auf seinen ausgedehnten, gut bezahlten Vortragsreisen, die ihn Abend für Abend vor ein Publikum führten, das es in freier Rede zu gewinnen galt, war die europäische Karte ein Trumpf in seinem Ärmel. Wahrscheinlich hat der für seinen zupackenden, notfalls derben Witz berühmte Alleinunterhalter die Schranken eines fundierten und ausgewogenen Urteils, die er schon in seinen Texten selten wahrt, bereitwillig durchbrochen, wenn es galt, gut über die Rampe zu kommen und dem Affen des humorigen Einverständnisses Zucker zu geben. Twain hat sich nie gescheut, seinen Landsleuten, deren Fehler er gnadenlos geißeln konnte, als Publikum ebenso erbarmungslos zu schmeicheln.

Der Franzose, der in unserer Geschichte drei verschiedene Namen führt, ist nicht nur ein Betrüger, sondern er wird sogar zum Mörder. Und daß ihm die personifizierte amerikanische Unschuld, die naive Mary, und deren Erbe dann in letzter Sekunde doch nicht in die Hände fallen, ist einer so haarsträubend jähen und unglaubwürdigen Wendung des Plots zu verdanken, daß man aus heutiger Sicht geneigt ist, eine tiefere Ironie des Autors am Werke zu sehen. Ausgerechnet der Dörfler, der bei der Mordtat

Schmiere gestanden hat, läßt sich von der drohenden Hinrichtung des unschuldigen Hugh rühren und gesteht seine Mittäterschaft. So viel Mitgefühl und Gewisssen paßt eigentlich nicht in das Bild, das die Erzählung zuvor von der emotionalen und moralischen Verfassung der Dorfgemüter gegeben hat. Eher ist diese Wendung zum Guten ein greller Witz, wie ihn Twain nicht selten auf Kosten der Wahrscheinlichkeit reißt, oder das Happy-End ist schlichter Berechnung zu verdanken. Es liefert, was die Zeitschriftenherausgeber und wohl auch der Autor für die Erwartung der Leser halten.

V

Wie mit den meisten seiner Arbeiten verfolgte Twain auch mit dieser Geschichte ein klares publizistisches Interesse. *A Murder, a Mystery, and a Marriage* ist seine Version einer *«blindfold novelette»,* die er 1876 für die Zeitschrift *Atlantic Monthly* konzipierte. Nach einem Plot-Schema, das die wesentlichen Elemente der Handlung vorgab, sollten eine Reihe von bekannten Autoren Geschichten schreiben. Dabei blieb es jedem überlassen, mit seinen erzählerischen Möglichkeiten der skelettartigen Vorgabe einen charakteristischen Textkörper und als dessen Krönung ein überzeugendes Ende zu geben. Das Projekt, das Twain fast ein Jahr lang beschäftigte, scheiterte am Zaudern der Kollegen. Keiner der angesprochenen Schriftsteller war letztlich bereit, mit Twain in den Ring des direkten Vergleichs zu klettern. Und sogar Twains Ausführung der eigenen Vorlage blieb unveröffentlicht und darf nun mit hundertfünfundzwanzig Jahren Verspätung das Licht einer weltweiten Öffentlichkeit erblicken.

Die Briefe, die Twain in jenem Jahr schreibt und in denen die Erzählung als Projekt auftaucht, zeigen ihn als den rührigen Literaturunternehmer, der er über Jahrzehnte hinweg mit schwankendem Erfolg war. Nicht nur der Niederschrift, sondern dem gesamten weiteren Weg seiner Texte gehört sein Augenmerk. Twain bedenkt, auf welchen Bühnen und Märkten er als Autorenfigur ins Licht tritt. Er kümmert sich um Rechte, Werbung und Vertrieb. Er ist der erste Schriftsteller, von dem man weiß, daß er einen Zeitungsausschnittsdienst beauftragte, alle Meldungen, in denen sein Name auftaucht, zu sammeln.

Die heutzutage vielbeschworene Ökonomie der Aufmerksamkeit ist bei ihm nicht beziehungslose Theorie, sondern Organisationsform seiner Erfahrung und Voraussetzung seiner publizistischen Praxis. Mehr als einmal hat er geäußert, daß er mit seinem Schreiben die Massen gewinnen wolle. Und der angepeilte *average reader* hat für Twain bereits den Status eines modernen Konsumenten, den man im Lärm der Konkurrenz erreichen, umwerben, notfalls auch zur Lektüre überlisten muß. Twains wiederentdeckte Erzählung gehört wie andere seiner Prosatexte aus dieser Zeit zu seinen Versuchen, auf dem wachsenden Markt für *Mystery,* für Spannungsliteratur mit Kriminalsujets, Fuß zu fassen.

VI

Twain ist modern. Und auf eine verwirrende Weise modern tritt uns, der verspäteten Öffentlichkeit von *Eine Bluttat, ein Betrug und ein Bund fürs Leben* auch die allerletzte Wendung der Geschichte entgegen. Eigentlich ist das Wesentliche bereits geschehen. Der unschuldige Jüngling Hugh, der schon den Kopf in der Schlinge hatte, ist vom Galgen gerettet, die amerikanische Jungfrau ist der Schändung durch den ruchlosen Franzosen entgangen, den bösen Buben hat die lokale Obrigkeit in ihre Obhut genommen, und die Triebe jugendlicher Liebe sind in das Beet einer christlichen Ehe gepflanzt worden. In einem zuletzt fast grotesken Galopp scheint Twain seinen Plot erledigt zu haben, als er mit «Die Beichte des Grafen» ein abschließendes Kapitel aus dem Hut zaubert.

Vordergründig dient dieser Epilog noch dazu, einige fehlende Erklärungen nachzutragen. Wenn man die kausale Folge der Ereignisse in einer realistischen Erzählung mit einem menschlichen Gebiß vergleichen darf, dann geht es darum, letzte Zahnlücken in diesen Kiefern, in ihrem Realismus-Konzept, zu schließen. Aber effektvoller und wichtiger ist eine bizarre Enthüllung, die im bisherigen Verlauf der Geschichte durch nichts angedeutet war und die auch nicht als Pointe nötig wäre. Als einen seltsamen Überschuß, als Pointe der Pointe, erfährt man: Der böse Franzose war vormals der Assistent des berühmten Schriftstellers Jules Verne.

«Wo bin ich?» möchte da, gleich dem abgestürzten Luftschiffer, der heutige Leser fragen. Denn wenn der flotte Durchmarsch durch die vorangegangene Handlung unser Ballonflug mit Mark Twain war, dann sind wir jetzt mit ihm aus dem sicheren Rund des Korbs gefallen. Und vielleicht würde Twain, könnte er unsere Frage hören, gleich seinem griesgrämigen Farmer erst einmal mit einem Fluch antworten. Zumindest ist der Ingrimm, mit dem dieses letzte Kapitel geschrieben wurde, nur notdürftig mit Ironie kaschiert. Wie immer, wenn ihm etwas wirklich wichtig ist, kann das Feigenblatt des satirischen Witzes die Blöße von Twains Wut nicht decken.

VII

Einen französischen Idioten, unter dem die Welt schon viel gelitten habe, hat Twain seinen Zeitgenossen Jules Verne in einem Brief einmal genannt. Aber das ist nur ein Urteil im Schutzraum der privaten Korrespondenz. Mit unserer Erzählung holt Twain nun auf dem Feld der Literatur zum Schlag gegen den Kollegen aus, und nur das seltsame Schicksal des Textes hat verhindert, daß seine Attacke zu Lebzeiten öffentliche Resonanz fand. Im selben Jahr, in dem Twain den französischen Bestsellerautor zu einer literarischen Figur macht, hatte sich dieser eine Jacht gekauft und begonnen, durch südliche Gefilde zu segeln. Der sieben Jahre ältere Jules Verne ist genau das geworden, was Twain anstrebt: ein weltberühmter Autor, der die Massen erreicht und dauerhaft vom Ertrag seiner Bücher lebt.

In seiner Geschichte wirft Twain dem Bestsellerautor vor, Romane über Erfahrungen zu schreiben, die nicht die seinen seien. Jener Fremde, der so viel Unheil in Deer Lick angerichtet hat, ist in der nun noch enthüllten Vorgeschichte selbst ein armes Opfer. Der skrupelloser Erfolgsschriftsteller Jules Verne hat ihn auf gefährliche Fahrten geschickt, um dann die Erlebnisse seines Stellvertreters nicht nur nachzuerzählen, sondern auch noch zu verfälschen und maßlos zu übertreiben.

Twain weiß, wovon er hier spricht. Denn das, was er dem verhaßten Kollegen unterstellt, hat er fünf Jahre zuvor selbst geplant. Ein amerikanischer Journalist sollte an seiner Statt nach Südafrika reisen, um Material über das dortige Diamantenfieber zu sammeln. Wie der Jules Verne seiner Geschichte wollte Mark Twain dann die Erfahrungen eines anderen unter seinem gut eingeführten Namen publizistisch vermarkten.

Im Epilog von Twains Geschichte geht es also um das Eigene: Tiefer, als dem Verfasser wohl bewußt war, sind seine Leser im Herzen eines amerikanischen Autors angekommen. Finster sieht es dort aus. Und vieles, was uns durch Twains Erzähl- und Dialogkunst an den Bewohnern von Deer Lick deutlich wird, scheint auch für ihn zu gelten. Ihre Sehnsucht nach dem schnellen Reichtum war auch lebenslang die seine. Und ähnlich wie die Hinterwäldler von Missouri kann er das Geld der modernen Kapitalwirtschaft, diese wichtigste Abstraktion männlichen Denkens, nicht als das erste umfassende Medium der Wertumwandlung verstehen und gelten lassen. In einem fast sektiererisch strengen Sinne bleibt es für ihn mit der Todsünde der Gier verbunden. Sein heißer Wunsch nach Teilhabe an der Dynamik der großen Geschäfte gerät schnell in Konflikt mit jener Moral, die religiös Verfolgte aus Europa nach Amerika mitgebracht haben und die jeden leidenschaftlichen Umgang mit Besitz verurteilt. Man hat Geld, man erwirbt und mehrt es, aber man schämt sich klammheimlich für die Gefühle, die mit diesem Verkehr verbunden sind.

VIII

Den schamlosen Genuß ihrer Unmoral aber hat Twain den Franzosen, deren ethische Defizite er immer wieder geschmäht hat, vielleicht am meisten vorgeworfen. Und so ist es naheliegend, daß er den französischen Bösewicht, der schon eine schwülstig verlogene Ansprache an Mary halten durfte, nun auch noch ein keckes Geständnis, frei von Schuldbewußtsein und Reue, verfassen läßt. Aber diese freche Beichte verrät durch ihre Sprache, durch die Kraft ihrer Bilder und ihre rhetorischen Zuspitzungen, wer hier vor den Lesern den zynisch lästernden Franzosen gibt.

Aus dem Schluß der Erzählung hören wir den Mark Twain der Notizbücher und der Briefe, jenen Twain, der kein Blatt vor den Mund nehmen muß. Durch die Larve des Franzosen spricht der Autor, der ansonsten die Werke, die er für seine radikalsten hielt und die seine bittersten sind, wohlweislich nur anonym ins Licht der amerikanischen Aufmerksamkeit treten ließ. Die Charaktere der Provinz, denen der Erzähler anfangs noch Rudimente von Mitgefühl, zumindest die Empathie der Beschreibung und des Hinhörens gönnte, diese Durchschnittsamerikaner werden im Epilog des Textes nur mit verächtlicher Ignoranz an den Rand der Betrachtung geschoben.

Schlimmer noch als die Verachtung, mit der die Dörfler bedacht werden, ist jedoch die Empfindung, die am Schluß der Erzählung um die Figur des Autors aufsteigt. Autorschaft scheint überhaupt der nur notdürftig verborgene Anlaß und der emotionale Brennpunkt dieser merkwürdigen Beichte zu sein. Gleich drei Autoren werden kenntlich. Zwei davon sind Europäer. Jules Verne wird als fahrlässiger Serienschreiber und skrupelloser Textunternehmer gezeichnet. Und einen Autor der ärmsten Art gibt der Erzähler. Er ist der von Verne ausgebeutete Geschichtenlieferant, der mit seiner «Beichte» zum ersten Mal einen Bericht mit eigenem Namen zeichnen darf. Beide sind des Todes: Der Gehilfe Vernes schreibt vor seiner Hinrichtung, und der Jules Verne des Textes ist zu diesem Zeitpunkt bereits aus der Gondel des Ballons in die Tiefe gestürzt worden.

Die Mordlust aber, eine böse Freude am Untergang der Kollegen, muß dem Konto des dritten Autors gutgeschrieben werden. Mark Twain ist es, der die beiden europäischen Textfabrikanten sterben läßt. Und wer das letzte Kapitel unter der Perspektive moderner Autorschaft liest, sieht, wie geschickt Twain auf die beiden Franzosen die qualvollen Nöte und die sehnsüchtigen Wünsche des modernen Autors verteilt hat. Der Gehilfe Vernes erleidet nichts anderes als das, was Twain seit seinen ersten Anfängen als Schriftsteller betreiben mußte: die gnadenlose Ausbeutung der eigenen Erfahrung im Dienst nahezu pausenloser Produktion.

IX

Als Journalist, als Reiseschriftsteller, als Vortragsredner und sogar als Romancier zehrt Twain in einem Ausmaß vom Fleisch des Erlebten, wie es erst die modernen Verhältnisse der Textverwertung erzwungen haben. Was er in den wilden Jahrzehnten der werdenden USA und auf Reisen mitgemacht hat, mußte in rascher Folge zu einem verwertbaren Produkt werden. Twain konnte meist keine Rücksicht darauf nehmen, daß Erlebtes Zeit braucht, um zu Erfahrung zu gerinnen. Ja, manchmal waren die Erfahrungen schon verkauft, bevor sie gemacht werden konnten. Und wer nur ein Dutzend von Twains Gelegenheitsarbeiten gelesen hat, weiß, wie tief dieser Autor trotz seiner Ansprüche sinken konnte, wenn der Augenblick oder ein Auftraggeber kurzfristig etwas von ihm verlangte.

Kann, wenn die Erfahrungen nicht im richtigen Tempo nachwachsen, die Phantasie aushelfen? Der Schluß von *Eine Bluttat, ein Betrug und ein Bund fürs Leben,* wo er Jules Vernes phantastische Romane lächerlich macht, ist auch ein wütender, fast grobschlächtiger Angriff auf ein Phantasieren, das nicht durch Erfahrung gedeckt ist. Dabei durchbricht Twain den rigiden, an einer angeblich objektiven Wirklichkeit orientierten Realismus, den er gerne gegen andere Autoren verficht, in seinen besten Erzählungen regelmäßig selbst. Was wäre der Plot unserer Geschichte ohne seine haarsträubend unwahrscheinlichen Wendungen, wie sehr zehrt die Erzählung von ihrer phantastischen Vorgeschichte, vom Flug, vom Absturz und von der Auffindung des verunglückten Ballonfahrers. Es rettet den bekennenden Realisten Twain nicht, daß er diesen Einfall, auf dem Umweg der satirischen Anspielung, zuletzt dem europäischen Kollegen in die Schuhe zu schieben versucht.

Glückliches Europa, das noch derart als Spiegel und Konkurrent dienen konnte! Kaum vorstellbar, daß ein gegenwärtiger amerikanischer Großschriftsteller sich einen zeitgenössischen europäischen Kollegen in dieser Weise zum Bild seiner Nöte und geheimen Wünsche machen könnte. Heute muß es uns rühren, wie Twain in halb mörderischer, halb selbstmörderischer Absicht seinem transatlantischen Alter ego an die Gurgel geht. Dieses Europa gibt es im Selbstverständnis der heutigen USA nicht mehr. Es muß irgendwann aus dem Ballon des amerikanischen Höhenflugs gefallen sein.

X

Im Jahr 1900, noch zu Lebzeiten Twains, erscheint ein amerikanischer Prosatext, in dem wie bei Twain und Verne phantastische Ballonfahrten eine wichtige Rolle spielen. Ein amerikanischer Luftschiffer gerät durch einen langen Irrflug in ein märchenhaftes Land, das ganz von der modernen Welt abgeschnitten ist und von zwergenhaften, liebenswert schrulligen Menschen bewohnt wird. Der Amerikaner versteht es, sich mit Lug und Trug zu ihrem Herrscher aufzuschwingen. Als angeblicher Zauberer herrscht er, der in Wahrheit nur ein geschickter Bauchredner ist, über ein Reich, das in vielem einem seltsam verklärten und auf Puppenweltgröße geschrumpften Alteuropa gleicht.

In *The Wonderful Wizard of Oz* von Lyman Frank Baum ist Europa ganz Bestandteil der amerikanischen Phantasie geworden. Man erreicht es unversehens wie im Traum und verläßt es ebenso unwillkürlich. Am Ende der Geschichte wird der betrügerische Bauchredner von Dorothy, einem kleinen Mädchen aus Kansas, gezwungen, in die einzige Wirklichkeit, die es gibt, in die USA heimzukehren. Auch Dorothy macht sich ganz zuletzt auf den Heimweg, in ein Kansas, das öd, grau und verbrannt ist, das

das Missouri von Twain noch an Trostlosigkeit übertrifft. «Wo in aller Welt bist du gewesen?» wird sie gefragt. Und Dorothys knappe Antwort «Im Lande Oz» ist hilflos und selbstbewußt zugleich, als wäre sich das Mädchen auf eine altkluge Art sicher, daß sich sonst nichts über das Verhältnis dieses Reiches zu ihrer Heimat sagen ließe.

Bei Twain aber ist das Europäische noch nicht restlos in jenem großen Selbstgespräch aufgegangen, das die amerikanische Kultur seither mit sich führt. Zwar ahnt er die alles umschließende Roheit der amerikanischen Gegenwart. Aber in *A Murder, a Mystery, and a Marriage* lehnt er sich noch einmal dagegen auf. Und so fragt der Schlußsatz der Erzählung in einer allerletzten rhetorischen Wendung, wo Jules Verne nach seinem Sturz wohl gelandet sei. Es ist eine seltsam unsinnige Frage, denn der Erzähler, der betrügerische Franzose, war sich zuvor ganz sicher, daß Verne, bald nach dem Start des Ballons, zu Tode gestürzt ist, und daß er ihn im Niemandsland der Hölle wiedersehen wird.

Die Antwort, die wir dem zu Tode Verurteilten geben könnten, lautet: Irgendwo in Europa! Und es ist wahrlich nobel von Twain, daß er uns, seinen verspäteten europäischen Lesern, Raum für diese Antwort läßt. Fast möchte ich ihn, den rücksichtslosen Verspotter nicht nur französischer, sondern auch deutscher Verhältnisse, dafür, über ein Jahrhundert hinweg, zum Ehreneuropäer ernennen.

Ja, wenn wir Twain lesen, spüren wir, wo wir noch anders als die USA und damit *wirklich* sind, und wir ahnen, wie sein Amerika auf eine schaurig mörderische Weise zum globalen Niemandsland, zum «Gar-kein-Land» der Gegenwart werden konnte.

Georg Klein

ANHANG

Mark Twain
(1835–1910)

wuchs als Samuel Langhorne Clemens am Ufer des Mississippi auf. Nach dem Abbruch der Schule wurde er Setzerlehrling, dann Schiffslotse – aus dieser Zeit stammt sein Autorenpseudonym (zu dt. «Markiere zwei Faden»). Bei seiner Rückkehr aus dem Sezessionskrieg ging er auf Silbersuche und versuchte sich als Journalist. Rasche schriftstellerische Erfolge führten ihn auf ausgedehnte Vortrags- und Studienreisen, mehrmals auch nach Europa.

Die lebensnahen Dialoge, die subtilen Erzählpointen und die einprägsamen Charaktere in seinen Romanen und Erzählungen begründeten Twains legendären Ruhm. Der Tradition des *western humor* verpflichtet, wurde er zum Vorbild der modernen amerikanischen Prosa.

Georg Klein

geboren 1953 in Augsburg, lebt mit seiner Frau, der Autorin Katrin de Vries, und zwei Kindern an der Nordsee, in der Nähe der holländischen Grenze. Er schreibt erzählende Prosa. 1999 erhielt er den Brüder-Grimm-Preis für den Roman *Libidissi,* 2000 den Ingeborg-Bachmann-Preis für *Barbar Rosa. Eine Detektivgeschichte.*

Frank Heibert

geboren 1960 in Essen, lebt in Berlin. Er studierte Romanistik und Germanistik in Berlin, Rom und Paris; Promotion über das Wortspiel und seine Übersetzung. Seit 1983 ist er Literaturübersetzer aus dem Englischen, Französischen, Portugiesischen und Italienischen, u. a. von Boris Vian, Alfred Jarry und Don DeLillo.

EDITORISCHE NOTIZ

Mark Twain schrieb *A Murder, a Mystery, and a Marriage* im Jahre 1876 als «*blindfold novelette*». So nannte man eine damals überaus beliebte Art von Erzählung, mit der andere Schriftsteller zum Ausführen eines vorgegebenen Plot-Schemas animiert werden sollten. In diesem Fall hatte man etwa an Henry James und William Dean Howells gedacht, allerdings kam das Projekt nie zustande und die Geschichte geriet in Vergessenheit.

Erst 1946 – sechsunddreißig Jahre nach Mark Twains Tod – erschien *A Murder, a Mystery, and a Marriage* als Privatdruck in kleiner Auflage. Als wenig später der Oberste Gerichtshof von New York eine weitere Verbreitung wegen rechtlicher Bedenken untersagte, fiel der Text, der breiten Öffentlichkeit unbekannt geblieben, erneut der Vergessenheit anheim. Einem Bibliothekar an der Public Library der Universität von Buffalo, New York, gebührt die Ehre, ihn vor kurzem wiederentdeckt zu haben.

Das wechselvolle Schicksal von *A Murder, a Mystery, and a Marriage* hat nun dazu geführt, daß die deutsche Erstübersetzung zeitgleich mit der amerikanischen Originalausgabe erscheinen kann: einhundertfünfundzwanzig Jahre nach der Niederschrift.

INHALT

Titel der amerikanischen Originalausgabe:
«A Murder, a Mystery, and a Marriage»
September 2001

Diese Buchausgabe wurde mit der Bembo BSK gesetzt, im Bogenoffset gedruckt und in Fadenheftung gebunden. Alle verwendeten Materialien entsprechen alterungsbeständiger Qualität, die Papiere sind chlor- und säurefrei.

Die Deutsche Bibliothek – CIP-Einheitsaufnahme

Twain, Mark:
Eine Bluttat, ein Betrug und ein Bund fürs Leben / Mark Twain
Aus dem Amerikanischen übersetzt von Frank Heibert
Nachwort von Georg Klein
Zürich : Manesse Verlag, 2001
Einheitssacht.: A Murder, a Mystery, and a Marriage <dt.>
ISBN 3-7175-4014-9